AF514140

© 2025 Betina Klein
Verlag: BoD · Books on Demand GmbH,
Überseering 33, 22297 Hamburg, bod@bod.de
Druck: Libri Plureos GmbH, Friedensallee 273,
22763 Hamburg
ISBN: 978-3-7693-2427-3

Vorwort

Als ich mich das erste Mal mit einer anderen Mutter über das Leben mit Kindern unterhielt, wurde mir eines klar: Wir alle haben dasselbe Chaos – wir sprechen nur nicht immer darüber. Während Instagram uns perfekte Bastelprojekte und gesunde Lunchboxen zeigt, sieht die Realität oft ganz anders aus:
matschige Brote, verlorene Socken und ein Wohnzimmer, das eher einem Schlachtfeld gleicht.

Dieses Buch ist für all die Mütter, die morgens dreimal auf „Snooze" drücken, um dann doch panisch aus dem Bett zu springen. Für die, die vergessen, sich selbst einen
Zahnarzttermin zu machen, weil sie gerade zehn andere für die Familie organisiert haben. Für die, die manchmal nur noch von einer heißen Tasse Kaffee (oder einem Glas Wein) träumen.

Ich möchte dich in eine Welt voller lustiger, ehrlicher und herzerwärmender Geschichten mitnehmen – Geschichten, die zeigen, dass keine Mama perfekt ist und dass das völlig in Ordnung ist. Denn am Ende zählt nicht, ob das Haus immer blitzblank ist oder das Kind jeden Tag frisch geschnittenes Bio-Obst bekommt. Es zählt, dass wir lieben, lachen und unser Bestes geben – und dass wir auch mal über unser eigenes Chaos lachen können.

Also, liebe Supermama, lehn dich zurück (zumindest für zwei Minuten, bevor jemand „MAMA!" schreit) und genieße dieses Buch. Es ist für dich. Weil du großartig bist – mit oder ohne Cape.

Kapitel 1: Die Morgenroutine – Ein Wettlauf gegen die Zeit

Es ist 6:30 Uhr. Der Wecker klingelt. **Viel zu früh.** Und doch irgendwie zu spät. Denn Supermama ist bereits seit 5:48 Uhr wach, weil ein kleines Wesen mit kalten Füßen sich unbemerkt in ihr Bett geschlichen hat. Es liegt quer über ihrem Rücken und schnarcht selig.

„Mamaaaa, ich hab Hunger!" ruft eine energische Stimme aus dem Flur. Noch bevor sie überhaupt blinzeln kann, steht das zweite Kind im Türrahmen. **Verschlafen, aber voller Forderungen.**

„Mama, wo ist mein Lieblings-T-Shirt?"

„Mama, warum ist die Sonne heute so hell?"

„Mama, kannst du zaubern?"

Oh ja. Sie kann zaubern. Sie kann aus einer halb leeren Brotdose ein Mittagessen für zwei Kinder improvisieren, mit einem einzigen Taschentuch ein klebriges Gesicht reinigen und aus Luft und Liebe ein funktionierendes Familienleben erschaffen.

Aber heute Morgen fühlt sie sich nicht besonders magisch.

Mit einem tiefen Seufzen schält sie sich aus dem Bett, tritt – **natürlich** – auf einen Legostein und versucht dabei, nicht laut zu fluchen. Der Schmerz fährt ihr bis in die Haarspitzen, aber sie bleibt tapfer. **Supermamas jammern nicht.**Zumindest nicht vor 7 Uhr morgens.

Sie stolpert ins Badezimmer und hofft auf eine ruhige Minute. **Fehlanzeige.** Auf dem Spiegel prangt noch die Zahnpasta-Schmiererei von gestern Abend, die aussieht wie ein modernes Kunstwerk. Die Kinder haben versucht, ihre Namen zu schreiben – allerdings ist das Ergebnis eher eine Mischung aus Hieroglyphen und Schmiererei.

Sie spritzt sich kaltes Wasser ins Gesicht, blickt in den Spiegel und murmelt: „Heute wird ein guter Tag."

Dann beginnt die erste Herausforderung des Tages: das Frühstück.

Der Frühstückskampf

Supermama jongliert mit Toast, Müsli und Bananen, während das jüngste Kind darauf besteht, dass sein Brot **exakt diagonal** geschnitten sein muss – **nicht vertikal!**, das wäre eine Katastrophe.

Das ältere Kind beschwert sich derweil über die **„eklige"** Marmelade, die es gestern noch geliebt hat.

„Aber Schatz, gestern hast du zwei Toast mit genau dieser Marmelade gegessen."

„Ja, aber heute ist sie ekelhaft."

Supermama macht eine mentale Notiz: **Nie. Wieder. Marmelade.**

Endlich ist das Frühstück beendet. Theoretisch. Denn noch bevor sie den ersten Schluck ihres Kaffees nehmen kann, ruft eine aufgeregte Stimme:

„Mamaaa, ich hab Milch verschüttet!"

Natürlich. Es gibt zwei Dinge, die in ihrem Haushalt jeden Morgen passieren: **1. Jemand verschüttet Milch. 2. Supermama trinkt kalten Kaffee.**

Mit geübten Bewegungen schnappt sie sich ein Küchentuch, während sie gleichzeitig versucht, das jüngste Kind davon abzuhalten, mit nassen Socken über den Küchenboden zu rutschen.

„Mama, meine Socke ist nass!"

„Dann zieh dir eine neue an."

„Aber die ist meine Lieblingssocke."

„Dann zieh die andere Lieblingssocke an."

„Die hab ich gestern schon angehabt."

Supermama hält kurz inne. Einatmen. Ausatmen. **Sie ist eine Meisterin der Geduld.**

Der letzte Sprint

Jetzt beginnt der Endspurt. Die Kinder müssen angezogen, die Rucksäcke gepackt und die Zähne geputzt werden.

„Wo ist deine Jacke?“

„Weiß ich nicht.“

„Wo hast du sie gestern ausgezogen?“

„Ich hab keine Ahnung.“

Schließlich finden sie die Jacke unter dem Sofa – **warum auch immer.**

Die Schuhe werden im Turbomodus angezogen, und als Supermama endlich den Haustürschlüssel in der Hand hat, steht das jüngste Kind mit großen Augen vor ihr:

„Mama, ich muss aufs Klo.“

Natürlich. **Immer kurz bevor sie losmüssen.**

Supermamas wahre Superkraft

Irgendwann – **mit einer Mischung aus Magie, Wahnsinn und Willenskraft** – stehen sie doch noch pünktlich vor der Tür. **Die Mission ist geglückt.**

Und da, mitten im morgendlichen Chaos, dämmert ihr eine Erkenntnis:

Supermamas wahre Superkraft ist nicht das perfekte Zeitmanagement oder unerschöpfliche Energie. **Es ist die Fähigkeit, trotz allem zu lächeln.** Eine Jeans ohne sichtbare Flecken zu finden. Und mit nur vier Stunden Schlaf einen Tag zu überstehen, der genauso chaotisch, aber auch genauso wunderschön ist wie dieser.

„Okay, Leute, los geht's! Schule, Kita, Job – wir schaffen das!"

Und mit diesem Mantra beginnt ein neuer Tag im Leben einer echten Supermama.

Kapitel 2: Der Große Wocheneinkauf – Ein Abenteuer in der Wildnis des Supermarkts

Es gibt Dinge, die eine Supermama niemals freiwillig tut.
Zum Beispiel: **Mit müden Kindern ins Möbelhaus fahren.**

Oder: **Eine Geburtstagsparty mit 15 Kindern ohne Nervenzusammenbruch überstehen.**

Und dann gibt es den **Wocheneinkauf**.

Jene Mission, die in der Theorie einfach klingt – und sich in der Praxis anfühlt wie eine Mischung aus Überlebenstraining, Hochleistungssport und einem Geduldstest auf höchstem Niveau.

Die Vorbereitung – Eine Illusion von Kontrolle

Es beginnt alles mit einem Plan.
Supermama setzt sich mit einem Stift an den Küchentisch, während die Kinder im Hintergrund **eine wilde Diskussion über den besten Disney-Bösewicht aller Zeiten** führen.

Sie schreibt die Einkaufsliste:

☑ Milch
☑ Brot
☑ Obst
☑ Gemüse
☑ Waschmittel
☑ Schokolade (für *sie selbst* – weil sie keine Maschine ist)

„Mama, können wir auch Kekse kaufen?“

„Mal sehen." (**Das ist eine höfliche Umschreibung für: Nein.**)

Sie überprüft die Vorräte im Kühlschrank und fragt sich, wie es möglich ist, dass **drei verschiedene Packungen Butter geöffnet sind, aber niemand daran schuld ist.**

Egal. Sie schnappt sich die Kinder, packt die Einkaufstaschen ein und macht sich auf den Weg in den Supermarkt. **Bereit für die Herausforderung.**

Der Eintritt in die Kampfzone

Schon auf dem Parkplatz spürt Supermama: **Heute wird es nicht leicht.**

Das jüngste Kind will unbedingt **selbst den Einkaufswagen schieben**.
Das ältere Kind **möchte alleine den Laden erkunden**.
Und beide haben bereits einen geheimen Plan, wie sie möglichst viele Süßigkeiten in den Wagen schmuggeln können.

Supermama nimmt einen tiefen Atemzug. Sie kann das.

Sie betritt den Supermarkt – **und das Abenteuer beginnt.**

Die ersten Hindernisse – Versuchungen überall

Die Gemüseabteilung läuft noch nach Plan. Supermama wählt mit geübtem Blick die besten Äpfel aus, während das jüngste Kind eine Gurke als Schwert benutzt und dabei einen unsichtbaren Drachen bekämpft.

Dann kommt die Süßigkeitenabteilung.

„Mamaaaa, können wir bitte Gummibärchen haben?“

„Wir haben noch genug zu Hause.“

„Mamaaa, können wir bitte Schokolade haben?“

„Nicht heute.“

„Aber… aber… unser Leben ist sooo hart!“

Supermama bleibt standhaft. Sie ist ein Fels in der Brandung.
Doch dann – die schlimmste aller Versuchungen.

Das Regal mit den Überraschungseiern.

Ein kollektives Staunen. Große Augen. Ein synchrones Seufzen.

„Mamaaa, guck mal! Die neue Edition mit Einhörnern/Superhelden/Dinosauriern!“

Supermama weiß: **Wenn sie jetzt einknickt, verliert sie die Kontrolle.**

„Heute nicht, Schatz."

„Dann nehme ich nur eins!"

„Nein."

„Dann nehme ich zwei!"

„Das macht's nicht besser."

„Aber Mamaaa, du bist sooo gemein!"

Und dann kommt **die ultimative Waffe**: **Der Dackelblick.**

Supermama ist kurz davor, nachzugeben, doch sie beißt die Zähne zusammen. **Sie hat jahrelang geübt, immun zu sein.**

„Schatz, wenn du aufhörst zu betteln, kannst du nachher das Obst aussuchen."

Ein kurzer, skeptischer Blick.

„Auch die Wassermelone?"

„Auch die Wassermelone."

„Deal."

Verhandlung erfolgreich.

Der Endgegner – Die Kasse

Nach einer gefühlten Ewigkeit steuern sie auf die Kasse zu.

Die Kinder haben es tatsächlich geschafft, **heimlich** eine Packung bunte Kaubonbons in den Wagen zu schmuggeln.

Supermama entfernt sie unauffällig und tut so, als hätte sie es nicht bemerkt.
Sie hat **kein** Interesse an einer dramatischen Szene an der Kasse.

Dann das ultimative Problem: **Die Kassenzone.**

Die Kinder wissen genau, dass hier die letzten Verhandlungen stattfinden.

„Mama, wir waren doch sooo brav…"

„Mama, du liebst uns doch, oder?"

Supermama rollt mit den Augen. Sie bleibt stark. Sie **wird nicht nachgeben.**

Doch dann geschieht das **Unvermeidliche**.

Die Kassiererin gibt den Kindern einen Lutscher.

Und während die beiden glücklich an ihrem gewonnenen Preis lutschen, fragt sich Supermama: **Warum habe ich mich eigentlich angestrengt?**

Der Heimweg – Der wahre Triumph

Erschöpft, aber **siegreich**, verstaut sie die Einkäufe im Kofferraum.

Die Kinder sind ruhig, sie genießen ihren Lutscher – und Supermama gönnt sich endlich den Schokoriegel, den sie heimlich gekauft hat.

Denn wenn es eines gibt, das Supermamas wissen, dann ist es:

Jeder Wocheneinkauf ist ein Überlebenskampf. Und manchmal braucht selbst eine Heldin eine kleine Belohnung.

Kapitel 3: Schlafenszeit – Der tägliche Endgegner

Es gibt Dinge im Leben, die einfach sein sollten. Zum Beispiel: **Eine Socke aus der Waschmaschine holen, ohne dass sie spurlos verschwindet.**
Oder: **Eine Tasse Kaffee genießen, bevor sie kalt ist.**

Und dann gibt es die **Schlafenszeit.**

Ein Ritual, das in der Theorie nach Wärme, Geborgenheit und friedlichem Einschlafen klingt – und in der Realität **einem epischen Bosskampf gleicht.**

Level 1: Der unsichtbare Müdigkeits-Zauber

19:30 Uhr.

Supermama schaut auf die Uhr. **Es ist Zeit.** Sie atmet tief durch, setzt ihr freundlichstes „Wirmachen-das-jetzt-ganz-entspannt"-Lächeln auf und verkündet:

„Kinder, ab ins Bett!" Und

dann… passiert **nichts.**

Kein Zucken. Keine Bewegung.

Weil alle plötzlich vergessen haben, was „müde sein" bedeutet.

„Aber Mama, ich bin noch gar nicht müde."

Das Kind, das vor fünf Minuten noch gähnend auf dem Sofa lag und sich die Augen rieb, hat jetzt so viel Energie wie ein Duracell-Hase auf Koffein.

Supermama hebt eine Augenbraue. „Du bist müde."

„Nein, bin ich nicht!"

Und damit beginnt das erste Level: **Den Kindern beibringen, dass sie sehr wohl müde sind – ohne dass sie es selbst merken.**

Level 2: Der verschollene Schlafanzug

Nach endlosen Diskussionen über **Müdigkeit als Konzept**, schaffen es die Kinder endlich ins Badezimmer.

Supermama atmet kurz durch. **Gleich geschafft.**

Doch dann ertönt ein panischer Schrei aus dem Kinderzimmer:

„Mamaaa! Mein Schlafanzug ist weg!"

Jeden Abend dasselbe Drama. Jeden.
Einzelnen. Abend.

Denn Schlafanzüge haben eine Superkraft: **Sie teleportieren sich spurlos in eine andere Dimension.**

Supermama findet ihn schließlich – **genau dort, wo er immer liegt.**

„Hier ist er."

„Oh… da hab ich nicht geguckt." Natürlich

nicht.

Level 3: Der Badezimmer-Marathon

„Bitte schnell Zähne putzen."

Ein Satz, der in die **Top 5 der nutzlosesten Eltern-Sätze aller Zeiten** gehört.

Weil „schnell" in Kindersprache bedeutet:

Erstmal zehn Minuten mit der Zahnpastatube spielen.
Dann mit der Bürste so tun, als wäre sie ein Laserschwert.
Anschließend einen kompletten Monolog über Dinosaurier halten.
Und sich erst dann – wenn Supermamas Blick langsam bedrohlich wird – tatsächlich die Zähne putzen.

Level 4: Durst, Hunger, Toiletten-Panik

„So, jetzt aber ins Bett."

Supermama denkt kurz, sie hat es geschafft.

Doch dann beginnt **die wahre Endgegner-Phase.**

„Ich hab Durst!"
„Ich hab Hunger!"
„Ich muss noch mal auf die Toilette!" „Ich hab vergessen, dir was ganz Wichtiges zu erzählen!"

Das sind alles Taktiken.
Jede Mutter weiß das.
Doch trotzdem kommt man nicht drum herum.

Supermama holt also ein Glas Wasser, schüttelt den Kopf über den angeblichen Hunger (nach dem großen Abendessen) und wartet geduldig, bis das Kind **zum fünften Mal auf die Toilette geht – weil das vorher vergessen wurde.**

Level 5: Die Kunst der Gutenachtgeschichte Nun

gut. **Jetzt aber wirklich.**

„Mama, kannst du mir eine Geschichte erzählen?“

Eigentlich wollte Supermama nur noch auf die Couch sinken und endlich ihre Serie weitergucken.

Aber dann blickt sie in die erwartungsvollen Augen ihres Kindes.

„Okay, aber nur eine kurze.“

„Also… es war einmal…“

„Mama, kannst du eine andere Geschichte erzählen?“

„Welche?“

„Die mit dem Drachen. Aber nicht so kurz. Und mit einer Prinzessin. Aber die Prinzessin soll kämpfen können. Und dann noch einen bösen Zauberer. Und ein Raumschiff.“

Supermama seufzt. **Okay.**
Jetzt gibt es halt eine Fantasy-Sci-Fi-Action-Story.

Nach zehn Minuten schläft das Kind endlich ein.

Supermama schleicht sich aus dem Zimmer wie ein Ninja – **leise, vorsichtig, ohne einen Laut zu machen.**

Sie schafft es bis zur Tür.

Knarr.

Das Kind hebt den Kopf. „Mama?“ Supermama

friert ein. **Hält den Atem an.**

Schweigen.

Dann – ein zufriedenes Seufzen. Das Kind schläft weiter.

Supermama macht einen stillen Siegestanz. **Geschafft!**

Der wahre Endgegner: „Mama, warum schläfst du nicht?“

Sie schleicht ins Wohnzimmer, **greift sich eine Tafel Schokolade, macht es sich gemütlich.**

Endlich Ruhe.

Doch genau in dem Moment, als sie sich entspannt zurücklehnt und die erste Szene ihrer Serie startet…

„Mama?“

Sie dreht sich langsam um.

Das jüngste Kind steht mit zerzausten Haaren in der Tür.

„Ich kann nicht schlafen.“

Supermama schließt kurz die Augen.

Morgen wird sie **den Bosskampf erneut antreten.**

Kapitel 3: Schlafenszeit – Der tägliche Endgegner

Es gibt Dinge im Leben, die so einfach sein sollten, dass man gar nicht darüber nachdenken müsste – zum Beispiel eine Socke aus der Waschmaschine holen, ohne dass ihr Zwilling spurlos verschwindet, oder eine Tasse Kaffee trinken, bevor sie kalt wird. Doch wer Kinder hat, der weiß, dass eine Sache jeden Abend aufs Neue zum epischen Endgegner mutiert: **die Schlafenszeit.**

Während sie in der Theorie eine friedliche Routine voller Wärme, Geborgenheit und sanftem Einschlummern sein sollte, gleicht sie in der Realität eher einem chaotischen Strategiespiel mit unzähligen unerwarteten Wendungen – nur ohne Spielanleitung.

Level 1: Der unsichtbare Müdigkeits-Zauber

19:30 Uhr. Supermama wirft einen kurzen Blick auf die Uhr und atmet tief durch. Es ist soweit. **Die Mission „Kinder ins Bett bringen" beginnt.**

Mit einem möglichst entspannten Lächeln verkündet sie die Worte, die in ihrem Kopf nach Ruhe und einem wohlverdienten Abend auf der Couch klingen:

„Kinder, ab ins Bett!“

Doch anstatt einer friedlichen Bewegung in Richtung Badezimmer oder Schlafzimmer passiert… **nichts.**

Absolut nichts.

Das Kind, das vor wenigen Minuten noch müde auf dem Sofa lümmelte, die Augen schwer und den Kopf an Mamas Schulter gelehnt, entwickelt plötzlich eine Energie, die mit der eines Duracell-Hasen locker mithalten kann.

„Aber Mama, ich bin noch gar nicht müde!“

Supermama hebt eine Augenbraue. „Du bist müde.“

„Nein, bin ich nicht!“

Und damit beginnt das erste Level der Mission: **Den Kindern beibringen, dass sie müde sind, ohne dass sie es selbst merken.**

Level 2: Die Suche nach dem legendären Schlafanzug

Nach zähen Verhandlungen, in denen das Konzept von „Müdigkeit“ noch einmal gründlich diskutiert wurde, steuern sie endlich das Badezimmer an – **der nächste kritische Abschnitt der Mission.**

Supermama atmet tief durch, in dem Glauben, dass es nun etwas reibungsloser verlaufen könnte, doch plötzlich hallt ein verzweifelter Aufschrei aus dem Kinderzimmer:

„Mamaaa! Mein Schlafanzug ist WEG!“

Es ist jedes Mal das gleiche Drama. **Jeden. Einzelnen. Abend.**

Schlafanzüge scheinen eine geheimnisvolle Superkraft zu besitzen, mit der sie sich punktgenau zur Schlafenszeit in eine parallele Dimension befördern.

„Er kann doch nicht einfach verschwunden sein“, murmelt Supermama und hebt routiniert ein Kissen an. Nichts. Dann ein Blick unter die Decke. Auch nichts. Schließlich inspiziert sie den Wäschekorb – ebenfalls Fehlanzeige.

Kurz bevor sie ernsthaft anfängt, an den übernatürlichen Fähigkeiten von Kinderkleidung zu zweifeln, findet sie den gesuchten Schlafanzug – **exakt an der Stelle, an der er immer liegt.**

„Hier ist er.“

Das Kind mustert ihn misstrauisch. „Oh. Da hab ich nicht geguckt.“

Natürlich nicht.

Level 3: Der Badezimmer-Marathon

„Bitte Zähne putzen.“

Ein einfacher, klarer Satz, der in einer idealen Welt dazu führen würde, dass die Zahnbürste innerhalb von Sekunden den Mund erreicht.

Doch in der Realität ist „Zähne putzen“ ein Event, das sich locker über **20 Minuten strecken** kann, weil vorher noch…

Die Zahnpastatube als Mikrofon für eine spontane Gesangseinlage dient.
Die Zahnbürste mit voller Begeisterung als Laserschwert getestet wird.
Eine ausgiebige Diskussion über Dinosaurier stattfinden muss.
Und schließlich eine ausführliche Frage-Session über die Funktionsweise von Zahnfee-Geschäftsmodellen folgt.

Erst als Supermamas Blick langsam von freundlich zu **„Jetzt ist aber Schluss"-bedrohlich** wechselt, findet die Zahnbürste tatsächlich ihren Weg in den Mund.

Level 4: Durst, Hunger und Toiletten-Drama

Nachdem Zähne geputzt und Schlafanzüge gefunden wurden, beginnt die nächste Phase des Rituals: **die dramatische Entdeckung von existenziellen Bedürfnissen.**

„Mama, ich habe Durst!"

„Mama, ich habe Hunger!"

„Mama, ich muss nochmal auf die Toilette!"

„Mama, ich hab noch was ganz Wichtiges vergessen zu erzählen!"

Jeden Abend aufs Neue. Als hätte ihr Körper in dem Moment, in dem er das Bett berührt, plötzlich realisiert, dass all diese Bedürfnisse nicht länger aufgeschoben werden können.

Supermama bringt ein Glas Wasser, schüttelt den Kopf über den angeblichen Hunger (nach dem ausgiebigen Abendessen) und wartet geduldig, während das Kind zum **fünften Mal** ins Badezimmer verschwindet – weil es die vorherigen vier Male anscheinend nur zum Spaß gemacht hat.

Level 5: Die hohe Kunst der Gutenachtgeschichte

Endlich. **Endlich sind sie im Bett.**

Supermama lehnt sich zurück, bereit, den Abend für sich selbst zu haben, als ein erwartungsvoller Blick aus dem Bett zu ihr hinaufschaut.

„Mama, kannst du mir eine Geschichte erzählen?“ Sie

seufzt. Natürlich kann sie.

„Aber nur eine kurze.“

„Okay… also, es war einmal…“

„Nicht die. Ich will eine neue. Und sie soll ganz lang sein. Und mit einem Drachen. Und einer mutigen Prinzessin. Aber sie darf keine normale Prinzessin sein, sondern eine Kämpferin. Und dann muss es einen Zauberer geben. Und eine geheime Höhle. Und vielleicht ein bisschen Weltraum.“

Supermama schließt kurz die Augen. **Also gut.** Jetzt gibt es halt eine Fantasy-Sci-Fi-Märchen-ActionGeschichte.

Nach zehn Minuten ist das Kind endlich eingeschlafen.

Supermama schleicht sich aus dem Zimmer.
Langsam. Vorsichtig. **Jeder Schritt ist eine Prüfung.**

Sie erreicht die Tür, als… **Knarr.**

Das Kind rührt sich.

Supermama bleibt wie versteinert stehen. **Nicht bewegen.**

Stille.

Ein leises, zufriedenes Seufzen. Das Kind schläft weiter.

SIE HAT ES GESCHAFFT.

Sie schleicht ins Wohnzimmer, schnappt sich die Schokolade, macht es sich gemütlich. Endlich beginnt ihr wohlverdienter Feierabend.

Doch kaum hat sie sich in die Kissen fallen lassen, ertönt aus dem Flur eine verschlafene Stimme:

„Mamaaa?“

Supermama dreht sich langsam um und sieht ein kleines, zerzaustes Kind in der Tür stehen.

„Ich kann nicht schlafen.“

Sie schließt für einen Moment die Augen.

Morgen geht der Kampf von vorne los.

Kapitel 4: Der tägliche Frühstücks-Krimi

Morgens, halb sieben in Deutschland. In einer perfekten Welt würden Mütter sanft von Vogelgezwitscher geweckt werden, ein frisch gebrühter Kaffee stünde bereit, und die Kinder würden bereits angezogen am Frühstückstisch sitzen, während klassische Musik im Hintergrund läuft.

Aber wir leben nicht in einer perfekten Welt.

Stattdessen beginnt der Morgen mit einem schrillen Wecker, der gnadenlos in die schönste Traumphase kracht. Supermama tastet blind nach dem Handy, drückt auf „Snooze“ und genießt genau fünf weitere Minuten Frieden – bevor das erste Kind in die Tür kracht.

„Mamaaa, ich hab Hunger!“

Okay. Zeit für den täglichen Frühstücks-Krimi.

Phase 1: Der Schrank voller Nichts

Supermama schlurft in die Küche und öffnet den Vorratsschrank. Er ist voller Dinge: Müsli, Brot, Aufstriche, Cornflakes. Doch in den Augen ihrer Kinder ist er so leer wie der Kühlschrank eines Studenten am Monatsende.

„Mama, wir haben gar nichts zu essen!“** ruft Kind 1 empört.**

„Wir haben Müsli, Brot, Joghurt, Obst…“ beginnt Supermama geduldig.

„Iiiih, Müsli ist eklig!“ jammert Kind 2.

„Das ist genau das gleiche Müsli, das du gestern noch geliebt hast“, bemerkt Supermama.

„Ja, aber heute schmeckt es anders“, erklärt Kind 2 mit ernster Miene.

Supermama seufzt. Und so beginnt das tägliche Verhandlungsdrama darüber, was zum Frühstück akzeptabel ist – ein Spiel, das sie nie wirklich gewinnen kann.

Phase 2: Die große Nutella-Debatte

Schließlich einigt sich das Frühstückskomitee auf Toast. Einfach. Unkompliziert.

Denkste.

„Mit Nutella!“ ruft Kind 1 begeistert.

„Nutella ist aber nicht gesund“, sagt Supermama, obwohl sie genau weiß, dass das jetzt ein Fehler war.

„Aber es ist doch auch Milch drin!“ argumentiert Kind 2.

„Und Haselnüsse. Haselnüsse sind gesund!“ ergänzt Kind

1 eifrig.

„Und in Brot sind doch auch gesunde Sachen, oder? Und wenn man das zusammen isst, gleicht sich das aus!“

Supermama massiert sich die Schläfen. **Wie schaffen es Kinder, eine einfache Entscheidung in eine politische Grundsatzdiskussion zu verwandeln?**

Schließlich entscheidet sie sich für den Kompromiss: **Nutella – aber mit einer dünnen Schicht.**

Zwei Sekunden später liegt eine gefühlte **Zentimeterdicke Nutella-Schicht** auf dem Toast.

Supermama atmet tief durch. **Jetzt bloß keinen Streit anfangen.**

Phase 3: Die Milch-Katastrophe

Während das Frühstück nun scheinbar friedlich verläuft, wagt Supermama es, sich kurz einen Kaffee einzuschenken. **Riesiger Fehler.**

Kaum setzt sie die Tasse an die Lippen, ertönt ein markerschütternder Schrei:

„Aaaaaaah! Meine Milch hat Blasen!"

Supermama starrt das Glas an. Ganz normale Milch. **Aber sie hat Blasen.**

„Warum hat meine Milch Blasen?!" ruft Kind 1 panisch.

Supermama überlegt kurz, ob sie eine wissenschaftliche Erklärung über Luftverwirbelungen und Temperaturunterschiede geben soll. Dann entscheidet sie sich für die einfachere Lösung:

„Weil… Milch das manchmal macht."

„Aber das ist doch komisch!" Kind 1 schüttelt sich angewidert.

„Dann rühr sie halt um."

Kind 1 rührt – mit tiefster Skepsis. Die Blasen verschwinden. Erleichterung macht sich breit.

Supermama nippt erneut an ihrem Kaffee.

Doch dann ertönt der nächste Schrei.

„Mamaaa! Meine Nutella ist auf meine Hose gefallen!"

Tief durchatmen. **Sehr tief.**

Phase 4: Die Zeit läuft ab

Langsam wird es eng. Die Uhr tickt, doch die Kinder scheinen in einem Zeitloch festzustecken.

„Los jetzt, zieht euch an!“ ruft Supermama, während sie bereits panisch nach den Schuhen sucht.

„Aber ich bin noch nicht fertig!“ meckert Kind 2.

Supermama starrt den halb gegessenen Toast an.

„Du kaust seit zehn Minuten auf demselben Bissen rum!“

„Ja, aber ich kann nicht schneller essen.“

Supermama massiert sich erneut die Schläfen. Warum ist es morgens unmöglich, die Geschwindigkeit eines Kindes zu erhöhen, obwohl sie nachmittags in **Mach-3Geschwindigkeit** durch den Garten rennen können?

Plötzlich ertönt ein fröhliches: **„Ich geh mich jetzt anziehen!“** von Kind 1.

Supermama atmet erleichtert auf – bis das Kind **nackt** im Flur steht.

„Ich hab nichts zum Anziehen!“

Sie schließt für einen Moment die Augen. **Ganz ruhig bleiben.**

Phase 5: Der Sprint zur Tür

In den letzten fünf Minuten geht alles drunter und drüber.

🕒 **Kind 1 findet plötzlich seine Socken nicht.**
🕒 **Kind 2 beschließt, genau jetzt noch schnell etwas zu basteln.**
🕒 **Kind 1 fällt ein, dass heute Turnunterricht ist – und dass der Turnbeutel noch irgendwo im Universum verschwunden ist.**
🕒 **Kind 2 stolpert über einen Rucksack, den niemand bemerkt hat, und brüllt, als hätte es sich beide Beine gebrochen.**
🕒 **Supermama entdeckt, dass sie selbst immer noch im Schlafanzug ist.**

Und dann, in der allerletzten Sekunde, stehen plötzlich alle an der Tür, **bereit für den Tag.**

Supermama verabschiedet sich, winkt den Kindern hinterher und schließt die Tür.

Stille.

Sie dreht sich um. Schaut in die Küche.

Dort steht ein halb gegessenes Marmeladenbrot.

Daneben eine umgekippte Milchpackung.

Und am Boden eine Socke.

Sie schließt erneut die Augen. Atmet tief durch. **Gleich kommt der Kaffee.**

Aber vorher… räumt sie halt noch schnell auf.

Kapitel 5: Der Familienausflug – eine Mission Impossible

Ein entspannter Familienausflug – das klingt in der Theorie wunderbar. Eltern stellen sich idyllische Spaziergänge, fröhliches Kinderlachen und ein Picknick unter strahlendem Sonnenschein vor.

In der Praxis gleicht ein Familienausflug jedoch einer militärischen Großoperation mit ungewissem Ausgang.

Phase 1: Der Plan – klingt einfacher als er ist

Supermama steht morgens hochmotiviert auf. Heute ist DER Tag. Der Tag, an dem sie endlich diesen

harmonischen Familienausflug erleben wird, den man in Werbespots und Instagram-Posts sieht.

„Kinder, zieht euch an, wir machen einen Ausflug!"

Reaktion: **Totenstille.**

Dann: **„Wohin?"**

Supermama nennt den sorgfältig ausgewählten Ort – den Waldspielplatz. Nicht zu weit weg, nicht zu anstrengend, perfekt für kleine und große Abenteurer.

Kind 1: **„Müssen wir da laufen?"** (besorgt)
Kind 2: **„Kann ich mein Tablet mitnehmen?"** (hoffnungsvoll)
Kind 3: **„Ich will aber nicht in den Wald! Da gibt's Bienen!"** (panisch)

Supermama atmet tief durch. Motivation sinkt leicht, aber sie bleibt standhaft.

„Es wird toll, wir nehmen ein Picknick mit!"

„Gibt's Pommes?"

Supermama: „Nein, wir machen was Gesundes."

„Dann bleib ich lieber zuhause."

Warum ist es so schwer, Menschen zu begeistern, die sich sonst über eine leere Pappschachtel freuen können?

Phase 2: Die ewige Anzieh-Prozedur

„Okay, zieht euch an.“

Eine halbe Stunde später:

🕒 **Kind 1 hat noch immer denselben Schlafanzug an.**
🕒 **Kind 2 behauptet, keine Hose zu besitzen.**
🕒 **Kind 3 besteht darauf, das Spider-Man-Kostüm zu tragen.**

„Wir gehen spazieren, nicht auf eine Comic-Con!“ ruft Supermama.

Kind 3: **„Aber Spider-Man kann klettern! Ich kann dann auf Bäume!“**

Warum ist das nicht mal eine schlechte Argumentation?

Supermama gibt nach – **zumindest bei SpiderMan.** Hauptsache, das Kind ist angezogen.

Phase 3: Das Packen – was könnte schon schiefgehen?

Ein guter Ausflug braucht Vorbereitung. Supermama geht ihre mentale Checkliste durch:

☑ Wechselkleidung (weil **mindestens ein Kind** in eine Pfütze fallen wird)
☑ Snacks (weil Hunger **immer** genau dann auftritt, wenn man nirgendwo Essen kaufen kann)
☑ Wasserflaschen (die später **ungeöffnet** wieder mit nach Hause kommen)
☑ Pflaster (weil Kinder grundsätzlich hinfallen, selbst auf **glattem Asphalt**)

Sie ist stolz auf sich. Diesmal ist sie vorbereitet.

Dann ertönt Kind 2: **„Ich muss Pipi."**

Supermama atmet tief durch. **Natürlich jetzt.**

Als Kind 2 endlich fertig ist und alle in Richtung Auto marschieren, ruft Kind 1: **„Oh nein! Ich hab mein Kuscheltier vergessen!"**

„Du brauchst doch kein Kuscheltier im Wald!"

„Doch, sonst kann ich nicht Auto fahren!"

Supermama überlegt, wie dieses Kind **die letzten Jahre ohne Kuscheltier im Auto überlebt hat.**

Aber okay. Sie geht zurück ins Haus.

Zurück am Auto sagt Kind 3: **„Ich hab Durst."**

„Hier ist eine Wasserflasche."

„Ich will aber Apfelsaft."

Supermama: **„Dann musst du halt DURSTEN."**
„DURSTEN" ist ein Wort, das Kinder grundsätzlich empört. **Aber es hilft nichts – das Auto muss losfahren.**

Phase 4: Die Fahrt – oder die längste Kurzstrecke der Welt

Endlich sitzen alle im Auto. Der Waldspielplatz ist **15 Minuten entfernt.**

Minute 1: **„Wie lange noch?"**

Minute 3: **„Ich will Musik hören!"**

Supermama startet ein Kinderlied.

Minute 4: **„Nicht DAS Lied! Das ist peinlich!"**

Supermama wechselt den Song.

Minute 6: **„Ich muss Pipi!"**

„WAS?! Du warst doch gerade erst!"

„Ja, aber das war Zuhause-Pipi. Jetzt ist Auto-Pipi."

Supermama überlegt kurz, sich einfach auf den Rücksitz zu legen und so zu tun, als wäre sie nicht da.

Stattdessen fährt sie **widerwillig** zum nächsten Parkplatz.

Phase 5: Angekommen – und jetzt?

Nach **gefühlten drei Stunden** erreichen sie endlich den Spielplatz.

Supermama steigt aus. Atmet tief ein. **Vögel zwitschern, die Sonne scheint.** Vielleicht wird es doch noch der perfekte Ausflug.

Dann hört sie den ersten Schrei.

„Mamaaa, mir ist langweilig!"

„Ich hab Hunger!"

„Kann ich mein Tablet jetzt haben?"

Supermama setzt sich auf eine Bank. Zählt in Gedanken bis zehn.

In diesem Moment springt Kind 3 – im Spider-ManKostüm – von der Rutsche, bleibt hängen und schreit wie am Spieß. **Supermama kramt nach Pflastern.**

Zwei Minuten später:

Kind 2 hat ein anderes Kind kennengelernt und beginnt einen **epischen Sandkastenstreit.**

Kind 1 entdeckt eine **Riesenpfütze – und rennt direkt hinein.**

Supermama schließt die Augen. **Manchmal muss man den Wahnsinn einfach akzeptieren.**

Phase 6: Die Heimfahrt – das Ende einer Ära

Nach zwei Stunden ist Supermama durch.

„Okay, wir fahren nach Hause."

„Aber wir sind doch gerade erst hier!"

„Ich will noch bleiben!"

„ICH WILL POMMES!"

WIE? WIE KANN EINE ZWEISTÜNDIGE ODYSSEE IN SEKUNDEN IN „ZU KURZ" UMGEWANDELT WERDEN?

Schließlich packt Supermama alles zusammen. Die Kinder taumeln ins Auto.

Nach exakt zwei Minuten Fahrt… schlafen ALLE.

Supermama starrt auf die kleinen Engelchen im Rückspiegel.

Und denkt sich: **Warum nicht einfach direkt hier anhalten und ein Schläfchen machen?**

Aber nein. Der Alltag wartet.

Daheim angekommen, lädt sie alles aus, weckt die Kinder auf und erwartet Gejammer über „ich war doch noch gar nicht müde!“

Und während die Kinder drinnen glücklich mit ihrem Spielzeug verschwinden, bleibt Supermama einen Moment draußen stehen.

Tief durchatmen.

Morgen gibt’s keinen Ausflug. Morgen gibt’s Netflix und Chips.

Kapitel 6: Teenager in freier Wildbahn – Ein Survival-Guide für Mütter

Eines Tages wacht man auf, und das niedliche Kleinkind, das einen früher mit feuchten Schmatzern begrüßte, ist plötzlich ein muffeliger Teenager mit Kopfhörern, der nur noch in Grunzlauten kommuniziert. Willkommen in der nächsten Stufe der Mutterschaft: der Survival-Guide für Mütter von Teenagern!

Kapitel 1: Kommunikation mit Aliens Man sagt, Teenager sind wie Außerirdische – sie tauchen plötzlich auf, haben ihre eigene Sprache und verschwinden dann wieder in ihr Habitat (auch bekannt als unaufgeräumtes Zimmer). Standardantworten auf alle Fragen lauten:

1. "Weiß nicht."
2. "Gleich."
3. "Boah, Mama!"

Hier ist es wichtig, Ruhe zu bewahren und die richtige Technik anzuwenden: kurze, präzise Fragen und gelegentliche Bestechung mit Snacks.

Kapitel 2: Die Kunst der Essensbeschaffung Früher aß das Kind brav seinen Brei – heute wird eine spontane Pizza um Mitternacht eingefordert. Der Kühlschrank ist immer leer, egal, wie oft man einkauft. Es gibt einen direkten Zusammenhang zwischen dem Alter des Kindes und der Geschwindigkeit, mit der Snacks verschwinden. Experten (also andere geplagte Mütter) raten zu folgenden Strategien:

1. Lebensmittel unter dem Gemüse verstecken – da schaut eh keiner nach.

2. Den Notfall-Schokovorrat im Waschmittelkarton lagern.

3. Einfach akzeptieren, dass du nie wieder eine ganze Tafel Schokolade für dich allein haben wirst.

Kapitel 3: Das Mysterium der verschwundenen Socken Es beginnt harmlos: Einzelsocken tauchen in der Waschmaschine auf. Doch wenn Teenager im Haus sind, eskaliert es. Ganze Wäscheberge verschwinden. Waschen? Fehlanzeige. Stattdessen wird das Outfit vom Boden aufgesammelt und mit einem Spritzer Deo als "frisch gewaschen" deklariert.

Die einzig logische Erklärung: Es gibt ein schwarzes Loch für Socken und eine geheime Parallelwelt, in der verschwundene Wäscheberge existieren.

Kapitel 4: Die legendäre Pubertäts-Checkliste Falls du dich fragst, ob dein Kind die Teenagerphase erreicht hat, hier ein kleiner Test:

- Rollt es mindestens fünfmal täglich die Augen? ☑
- Hörst du mehr Musik-Bass aus dem Zimmer als echte Worte? ☑
- Wird "Ja, ich mach's gleich" zum Mantra? ☑
- Sieht das Badezimmer nach einer dreistündigen Duschsession aus wie eine Sauna? ☑

Herzlichen Glückwunsch – du bist offiziell Mutter eines Teenagers! Atme tief durch, schließe das Badezimmer ab, verstecke deine Lieblingssnacks und denk daran: Sie werden eines Tages ausziehen. ;)

Kapitel 7: Pubertät oder der ganz normale Wahnsinn

Es beginnt schleichend. Erst sind es kleine Anzeichen: Musik, die plötzlich nur noch mit Kopfhörern gehört wird, verschlossene Türen, vage Antworten auf simple Fragen („Wie war die Schule?“ – „Gut.“). Und dann, ohne Vorwarnung, erwischt es dich mit voller Wucht: Dein Kind ist kein Kind mehr, sondern ein Teenager. Willkommen im Paralleluniversum der Pubertät!

Der Tag beginnt mit einer neuen Herausforderung: Aufstehen. War es früher noch niedlich, wenn dein Kleinkind öfters mal verschlief und du es mit sanfter Stimme wecken konntest, gleicht es nun einer diplomatischen Verhandlung auf höchster Ebene. „Steh bitte auf.“ Keine Reaktion. „Du musst wirklich aufstehen.“ Ein Brummen. „Ich zähle bis drei…“ Noch mehr Brummen. Du lässt dich nicht entmutigen. Schließlich öffnet sich die Decke einen Spaltbreit, ein zerzauster Kopf taucht auf. „Noch fünf Minuten…“ Ja klar. Und danach wirst du freiwillig dein Zimmer aufräumen und den Tisch decken?

Apropos Zimmer: War früher noch Lego auf dem Boden die größte Stolperfalle, gleicht es jetzt einem Biotop aus Klamottenbergen, leeren Snack-Verpackungen und vergessenen Socken. Auf deine Bitte, doch mal aufzuräumen, folgt ein genervtes „Ich weiß genau, wo alles liegt!“ Na dann, falls du irgendwo dein Matheheft wiederfindest, sag Bescheid.

Kommunikation mit einem Teenager ist übrigens eine Wissenschaft für sich. Während sie in ihrer früheren Phase noch eifrig von ihrem Tag erzählten, muss man jetzt jedes Wort aus ihnen herauskitzeln wie einen Jackpot im Casino. Die Körpersprache ist dabei ebenso faszinierend wie enttäuschend: Augenrollen, Seufzen, Schulterzucken. Falls du auf tiefgründige Gespräche hoffst – versuch es später, so in ein paar Jahren.

Und dann wären da noch die Stimmungen. Dein Teenager kann in einem Moment noch liebevoll auf dem Sofa lümmeln und plötzlich – völlig unerklärlich – zu einem brodelnden Vulkan werden. „Wo ist mein Lieblingsshirt?!“ (in der Wäsche) „Warum gibt es schon wieder Nudeln?!“ (weil sie gestern noch dein Lieblingsessen waren) „Ich HASSE Mathe!“ (und was genau ist jetzt neu daran?).

Doch trotz aller Herausforderungen gibt es diese Momente, die dein Herz höherschlagen lassen. Wenn sie dich doch mal spontan umarmen, mit dir über einen blöden Witz lachen oder um Rat fragen, weil du halt doch noch ein kleines bisschen cool bist. Und genau diese Momente machen das Chaos, die Stimmungsschwankungen und die diplomatischen Verhandlungen wieder wett.

Pubertät ist kein Zuckerschlecken – für niemanden. Aber hey, wenn du den ersten Trotzphasen überstanden hast, schaffst du das auch!

Kapitel 7: Teenager und die Kunst des Nichtstuns

Ich hatte ja gewusst, dass die Teenagerjahre eine Herausforderung werden würden. Man hört Geschichten, liest Artikel und denkt: *Ach, so schlimm wird es schon nicht.*

Doch dann stehst du eines Morgens in deinem eigenen Zuhause und fragst dich: *Seit wann bin ich eigentlich Hausangestellte, Psychologin und wandelnder Geldautomat in einer Person?*

Es fing mit harmlosen Dingen an. Ein Glas, das „aus Versehen" nicht in die Spülmaschine, sondern *daneben* gestellt wurde. Ein Pullover, der direkt neben dem Wäschekorb lag, aber es nicht *hineingeschafft* hatte. Und dann kam die absolute Mutter-Horrorsituation:

Der Moment, in dem du realisierst, dass dein Kind glaubt, Essen wächst im Kühlschrank nach.

Ein normaler Dienstagabend. Ich sitze gemütlich auf dem Sofa, genieße *endlich* fünf Minuten Ruhe, als mein Sohn hereinstürmt:

„Maaaamaaaaa, wir haben nichts zu essen!“

Ich blicke auf. „Wie, nichts zu essen? Der Kühlschrank ist voll.“

Er öffnet die Tür des Kühlschranks, starrt hinein, schließt ihn, öffnet ihn wieder.

„Nö. Leer.“

Ich stehe auf, trete an den Kühlschrank und zeige demonstrativ auf Käse, Joghurt, Brot, Wurst, Obst und – oh Wunder – *zwei* Packungen Tiefkühlpizza.

„Da ist doch genug.“

„Jaaa, aber nichts RICHTIGES.“

Ich atme tief durch. „Und was genau wäre RICHTIGES Essen?“

„Na ja… so Zeug, das man einfach nehmen und essen kann. Ohne kochen oder schneiden oder so.“

Aha. Also Dinge, die sich selbstständig auf einen Teller legen und in den Mund springen. Ich verdrehe die Augen und schiebe ihm eine Packung Mikrowellen-Burger zu. *Möge die Bequemlichkeit mit ihm sein.*

Doch das Thema Essen ist nur die Spitze des Eisbergs. Die wahre Kunst der Teenager besteht im **Nichtstun** – und zwar auf höchstem Niveau.

Nehmen wir zum Beispiel den Wochenendmodus:

Samstag, 11:00 Uhr

Ich klopfe an die Tür. Keine Antwort. Ich klopfe lauter. Ein unverständliches Grunzen kommt zurück.

„Zeit zum Aufstehen."

„Mmmh… noch fünf Minuten."

Samstag, 13:00 Uhr

Der Teenager taucht auf. Zerzauste Haare, eine Mischung aus Pyjama und Sporthose. Setzt sich an den Frühstückstisch – pardon, den MITTAGStisch – und starrt müde auf sein Handy.

„Kannst du mir Pancakes machen?"

Ich blicke von meinem Kaffee auf. „Du bist 14. Du kannst dir Pancakes selbst machen."

„Jaaa, aber dann muss ich ja *was tun*."

Ich schüttle den Kopf und trinke einen weiteren Schluck Kaffee. *Geduld, Geduld.*

Doch das Highlight der Woche kommt erst noch:

Sonntagabend, 21:30 Uhr

Ich habe mich gerade aufs Sofa gesetzt, freue mich auf meine Lieblingsserie, als es plötzlich durch die Wohnung hallt:

„MAMAAAAAAA!!!“

Ich eile ins Zimmer. „Was ist los?“

„Ich muss morgen ein Referat über die französische Revolution halten und habe noch nichts gemacht.“

Ich schließe die Augen. Atme tief ein. Zähle innerlich bis zehn.

„Und das fällt dir JETZT ein?“

„Ja, aber ich hatte die ganze Woche *so viel Stress*!“

Stress. Klar. Drei Stunden TikTok am Tag, fünf Stunden Schlaf am Wochenende und zehn Minuten Panik am Sonntagabend.

Ich schüttle den Kopf. „Viel Erfolg damit.“

„Aber Maaaaamaaaa… kannst du mir helfen?“ Ich lache laut auf. „Non, mon cher. Bonne chance!“ Und verlasse den Raum.

Manchmal muss man als Mutter auch einfach gewinnen.

Kapitel 8: Mama, Taxi, Bank und wandelndes WLAN

Es gibt Dinge im Leben, die sind unausweichlich: Steuererklärungen, Zahnarztbesuche und – sobald die Kinder ein gewisses Alter erreichen – die Umwandlung der Mutter in eine multifunktionale Dienstleistungseinrichtung.

Als meine Kinder noch klein waren, wollte ich unbedingt, dass sie selbstständig werden. "Du kannst das alleine!" war mein Motto.

Jetzt, mit einem Teenager im Haus, muss ich feststellen: **Selbstständigkeit hört genau da auf, wo Bequemlichkeit beginnt.**

Dienstleistung Nr. 1: Mama-Taxi

Es beginnt mit harmlosen Fragen:

"Mama, kannst du mich zu Lisa fahren?"

"Mama, kannst du mich nach dem Training abholen?"

"Mama, kannst du mich um 22:37 Uhr von der Party heimbringen?"

Und irgendwann befindest du dich an einem Punkt, an dem du deine eigene Freizeit um das nächste **MamaTaxi-Update**herumplanst.

Aber der wahre Horror kommt, wenn dein Kind plötzlich eine **Freundesgruppe** in dein Auto einlädt.

Letztens war es wieder soweit. Mein Sohn und drei Freunde wollten ins Kino. Ich fuhr sie hin – und fühlte mich wie eine Statistin in einem sehr merkwürdigen Film.

Hinter mir im Auto:

"Ey, hast du gesehen, was Tim gepostet hat?"

"Ja, voll krass! Aber Leon hat auch was dazu geschrieben."

"Boah, nee. Leon kann echt nicht mehr."

"Digga, safe."

Ich fuhr schweigend weiter. Kein einziger kompletter Satz. Keine sinnvollen Informationen. Ich wusste nicht mal, ob Leon noch lebt oder ob er *safe* ist, aber ich wollte es auch nicht mehr wissen.

Am Kino angekommen fragte ich: "Wann soll ich euch abholen?"

"Keine Ahnung. Wir schreiben dir einfach."

Klar. Also durfte ich die nächsten zwei Stunden in Daueralarmbereitschaft verbringen, weil Teenager glauben, dass ihre Eltern rund um die Uhr auf Abruf sind.

Dienstleistung Nr. 2: Mama-Bank

Teenager haben ein sehr spezielles Verhältnis zu Geld. Sie besitzen keins – aber brauchen ständig welches.

"Mama, kann ich 10 Euro haben?"

"Wofür?"

"Ähm… so für Sachen."

Das ist der Moment, in dem man als Mutter genau abwägen muss: Handelt es sich um **Schulbedarf** oder um **unsinnigen Quatsch**?

Und selbst wenn es sich um Schulbedarf handelt – wie kommt es eigentlich, dass ich die ganze Zeit zahle? Ich meine, ich ging früher auch zur Schule, aber ich habe irgendwie überlebt, ohne jedes zweite Buch, das mir auf Instagram vorgeschlagen wurde, "unbedingt zu brauchen".

Aber das Schlimmste ist, wenn sie es **nicht einmal sagen**, sondern einfach das Kleingeld aus deiner Handtasche klauen.

Letztens ertappte ich meinen Sohn dabei. Ich stand plötzlich im Türrahmen und sah, wie er sich an meiner Geldbörse zu schaffen machte.

Er erstarrte.

Ich erstarrte.

Er lachte nervös. "Ähm… ich wollte nur gucken, ob du genug Geld hast…"

Klar. Wie fürsorglich.

Dienstleistung Nr. 3: Wandelndes WLAN

Es gibt ein Geräusch, das jeder Mutter einen Schauer über den Rücken jagt:

"MAMAAAA! Das WLAN geht nicht!"

Sofort bricht im Haus eine Katastrophe aus. Es ist schlimmer als ein Stromausfall, schlimmer als das Ende der Sommerferien, schlimmer als wenn das letzte Stück Pizza weg ist.

Denn plötzlich stehen sie da, völlig orientierungslos, mit ihren Handys in der Hand, als wäre gerade das letzte Licht der Menschheit erloschen.

"Was hast du gemacht?!"

"ICH?! Gar nichts!"

"Aber das WLAN geht nicht!"

Ja, natürlich. Ich habe mich sicher in den Router gehackt und beschlossen, den Kindern mal eine kleine Pause von TikTok und YouTube zu gönnen.

Aber das Beste kommt noch:

"Kannst du das bitte *schnell* reparieren?"

Klar, weil ich nebenbei auch noch Informatikerin bin. Ich probiere das Übliche: Stecker ziehen, Router neustarten – doch nichts passiert.

Dann, nach zwanzig Minuten Drama, fällt meinem Sohn plötzlich auf:

"Oh… ups. Mein Handy war auf Flugmodus." Ich

schließe die Augen und atme tief durch.

Es gibt Tage, an denen ich mir wünsche, ich könnte mich auch einfach mal in den Flugmodus versetzen.

Fazit: Multifunktional, aber nicht unbegrenzt belastbar

Ja, wir Mütter sind Taxis, Banken und Technik-Support in einem. Aber irgendwann kommt der Punkt, an dem man sich einfach mal zurücklehnt, den WLAN-Stecker **absichtlich** zieht und genießt, wie plötzlich alle panisch aus ihren Zimmern rennen.

Denn wenn sie etwas daraus lernen sollen, dann das:

Manchmal braucht selbst eine Supermama eine Pause.

Kapitel X: Perfekt unperfekt

Es war einer dieser Tage. Der Wecker hatte sich offenbar mit der Waschmaschine verschworen und war einfach nicht angegangen. Die Kinder hatten das Frühstück als olympische Disziplin „Wer-schmiert-den-Toast-mit-demmeisten-Chaos“ verstanden. Und der Hund? Nun, der hatte beschlossen, dass das Sofakissen perfekt schmeckt.

Ich stand mitten im Wohnzimmer, umgeben von Krümeln, Hausaufgabenblättern und einer Socke (von wem auch immer), während mein Jüngster fragte: „Mama, warum hast du eigentlich so viele graue Haare?“

Es war dieser Moment – der Moment, in dem mir klar wurde: Ich bin nicht perfekt. Aber ich bin da. Jeden Tag. Mit halbkaltem Kaffee, zehn offenen To-do-Listen im Kopf und dem festen Willen, meine Kinder zu großartigen Menschen zu machen.

Es gibt Tage, an denen wir uns fragen, ob wir genug sind. Ob wir zu oft genervt waren, ob wir ihnen genug Aufmerksamkeit geschenkt haben. Und dann gibt es diese anderen Tage – wenn sie dich einfach umarmen, ohne Grund. Wenn sie dich ansehen und sagen: „Mama, du bist die Beste."

Es gibt keine perfekte Mutter. Es gibt nur echte Mütter. Die, die lachen, wenn eigentlich Weinen angesagt wäre. Die, die an chaotischen Morgen den Überblick verlieren, aber trotzdem für jeden Albtraum in der Nacht bereitstehen.

Also, falls du das hier liest und denkst: „Ich bin oft überfordert", dann lass dir gesagt sein – das sind wir alle. Und das macht uns nicht weniger großartig. Denn am Ende des Tages geht es nicht darum, immer alles richtig zu machen. Es geht darum, da zu sein, zu lieben, und sich auch mal über die eigene Unvollkommenheit zu amüsieren.

Denn eines ist sicher: Supermama braucht kein Cape. Sie braucht nur Liebe, Humor und ein bisschen Kaffee.

Ende

Widmung:

Für die beste Mama der Welt

Mama, du hast vielleicht kein Cape, aber du hast Superkräfte: Multitasking auf Olympianiveau, unendliche Geduld und eine Umarmung, die alles wieder gut macht.
Dieses Buch ist für dich – als kleine Anerkennung für all die Jahre, in denen du Chaos gemeistert, Tränen getrocknet und mir gezeigt hast, wie viel Kraft in Liebe steckt.

Danke, dass du meine Supermama bist! 💖

In Liebe,

Betina

Autor:

Klein Betina
Kinder und Jugendbuchautorin,
Kinderpflegerin,
Zweifache Mutter,
Aus Siebenbürgen

Impressum:
Adresse
Books on Demand GmbH
Überseering 33
22297 Hamburg
Deutschland